EL BARCO
DE VAPOR

Recién pintado

Puño

www.
literatura**sm**
.com

Primera edición: abril de 2015

Edición ejecutiva: Gabriel Brandariz
Coordinación editorial: Berta Márquez
Coordinación gráfica: Lara Peces

© del texto y las ilustraciones:
David Peña Toribio (Puño), 2015
© Ediciones SM, 2015
Impresores, 2
Parque Empresarial Prado del Espino
28660 Boadilla del Monte (Madrid)
www.grupo-sm.com

ATENCIÓN AL CLIENTE
Tel.: 902 121 323 / 912 080 403
e-mail: clientes@grupo-sm.com

ISBN: 978-84-675-7773-0
Depósito legal: M-4174-2015
Impreso en la UE / Printed in EU

A todos los Ottos del mundo,
que tanta falta hacen.

Tolbiac era una ciudad
como otra cualquiera,
salvo porque la mitad de sus casas
estaban pintadas de verde
y la otra mitad, de azul.

Esto disgustaba terriblemente
a todos sus habitantes,
ya que los de una mitad querían
que toda la ciudad de Tolbiac fuese azul,
mientras los de la otra mitad
la preferían verde.

Esta situación
disgustaba a todos excepto a Otto,
el dueño de la tienda de pinturas de Tolbiac.

Durante el día,
los habitantes de las casas azules
compraban pintura azul en la tienda de Otto,
aprovechando un descanso en el trabajo
o antes de merendar. Por la noche,
salían furtivamente de sus casas
y se dirigían a la zona verde,
donde pintaban algunas casas de color azul,
regresando a sus camas
antes de que el sol los delatara.

Lo que no imaginaban
es que los habitantes de la zona verde
hacían exactamente lo mismo.
Durante el día compraban pintura verde,
salían a escondidas por la noche,
pintaban las casas de sus vecinos azules
al amparo de la oscuridad
y volvían a sus camas
antes de que saliera el sol.

16

Así, cada mañana,
la línea que separaba ambos colores
había cambiado.

Esto disgustaba bastante
a todos los habitantes de la zona afectada,
excepto a Otto, el dueño de la tienda
de pinturas de Tolbiac,

que vivía precisamente en el centro
de ese límite, y cada una de las noches
alguien pintaba su casa de uno u otro color.

Un día, los habitantes de la zona azul
tuvieron una idea fulminante:
aquella mañana se acercaron en secreto
a la parte de atrás de la tienda de pinturas
de Tolbiac para hablar con Otto
y solicitarle el triple de botes de pintura
de lo que compraban habitualmente.

Esa noche cenaron
más pronto de lo habitual,
salieron en cuanto brillaron
las primeras estrellas
y pintaron exactamente
el triple de casas de la zona verde.

Hicieron un trabajo limpio y sin molestias,
pues no se cruzaron con ningún vecino
del lado contrario.
«Qué raro...», pensaron.

Lo que no podían imaginar
los habitantes de la zona azul
es que todas las casas
que habían pintado esa noche estaban vacías,
pues los habitantes de la zona verde
habían elaborado el mismo plan fulminante
que ellos y se habían reunido
en la parte de atrás de la tienda de Otto
para obtener secretamente
el triple de botes de pintura verde.

Habían cenado antes de lo normal,
habían salido de casa con el canto
del primer grillo y habían trabajado
durante toda la noche para pintar de verde
el triple de casas de la zona azul.
«Qué raro...»,
pensaron al no encontrarse con nadie.

Antes de que saliera el primer rayo de sol,
todos los vecinos de Tolbiac
regresaron a sus casas para descubrir
que durante su ausencia
alguien las había pintado
de un color que no les gustaba nada.

Estaban tan sorprendidos como agotados
por haber trabajado toda la noche,
así que se metieron en sus camas
y pasaron durmiendo la mayor parte del día.

Todos excepto Otto,
el dueño de la tienda de pinturas,
que había tenido a su vez una idea fulminante
y comenzó a ponerla en práctica.

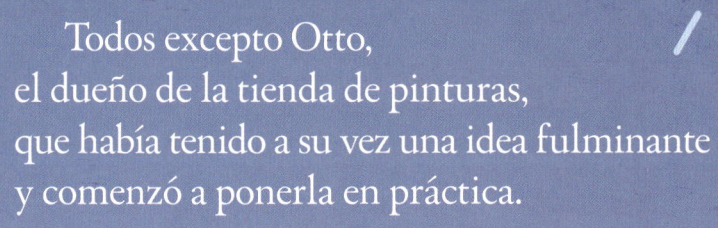

Esa misma tarde, los habitantes
de la zona azul de Tolbiac se despertaron
y corrieron a la tienda de pinturas
de Otto para comprar las pinturas necesarias
y devolver a sus casas el color
que tanto les gustaba.

—Ayer acabasteis con todos los botes
de pintura que tenía en el almacén,
–les dijo Otto–, así que he tenido
que enviar a mi hija a la ciudad de Aligre
para comprar nuevas existencias.
No es la pintura de siempre,
quizá notéis algún cambio.

Los habitantes de la zona azul de Tolbiac
sonrieron, le dieron las gracias
y se fueron a sus casas pintadas de verde
sin siquiera imaginar que,
unos minutos después,
sus vecinos de la zona verde
hicieron exactamente lo mismo:

escucharon la historia de la hija de Otto
en la ciudad de Aligre,
compraron la nueva pintura,
le dieron las gracias
y regresaron a sus casas
pintadas de azul.

Después de cenar,
todos los ciudadanos de Tolbiac
con excepción de Otto,
el dueño de la tienda de pinturas,
salieron a pintar sus propias casas.

Al despertar a la mañana siguiente,
se asomaron a sus ventanas
sin poder creer lo que estaban viendo.

–¡Qué verde tan bonito!
–Es el azul más increíble que he visto jamás.

Así que en la ciudad de Tolbiac
nadie más ha vuelto a pintar una casa
ni a comprar un bote de pintura,
y esto no ha disgustado a nadie.

Y mucho menos a Otto,
el antiguo dueño de la tienda de pinturas
y el propietario de la nueva librería
de la ciudad de Tolbiac.

TE CUENTO QUE PUÑO...

... tiene bigote y gafas, dos gatas, una bicicleta amarilla y negra y un montón de amigos de todos los colores que hacen que el mundo sea menos gris. Vive en Madrid, donde se dedica a dibujar para los demás y a enseñar a otros cómo tener ideas bonitas y útiles. Sueña con pasar la vida cerca de la playa, en una casa con jardín que tenga un árbol que dé limones y una maceta con perejil.

Si te ha gustado
este libro, visita

Allí encontrarás:

- Un montón de libros.
- Juegos, descargables y vídeos.
- Concursos, sorteos y propuestas de eventos.

¡Y mucho más!

 Para padres y profesores

- Noticias de actualidad, redes sociales
  y suscripción al boletín.
- Propuestas de animación a la lectura.
- Fichas de recursos didácticos y actividades.